高柳誠

放浪彗星通信

書肆山田

放浪彗星通信

宇宙とはそれ自身の夢のことである。

フェルナンド・ペソア（澤田直訳）

*

流星が尾を曳いて走り
音たてて海に飛びこむ
海はほんの少し冷まされて
その場所から青を濃くする
流星から振りほどかれた波動は

深海の奥を切り裂き
地核をなんなく通りぬけて
再び宇宙空間へと疾走していく
死者たちの魂をほんのりと
やわらぐ青に染めて――

＊

彗星

みなさんは、彗星をご存知でしょうか。そうです。夜空に突然長い尾を曳いて現れるほうき星のことです。彗星も、地球をはじめとする惑星や小惑星と同じように、太陽の周りをめぐる天体の一つであることに変わりはありません。その軌道は一般につぶれた楕円形をしていて、周期は約三年から数百万年までと彗星によって大きく異なります。なかには二度と太陽を訪れない双曲線軌道をたどるものもあり、そのうちには、星間空間から太陽系へ飛び込んできた放浪彗星もあるはずですが、まだ観測されたことはありません。

彗星は、核という本体とコマというぼんやりとした広がりの部分からできていて、太陽から遠く、コマの光が薄いとき、その光度から核の大きさが推定可能で、大きなもので半径数キロメートル、小さなもので数百メートルといわれています。

太陽と太陽系の惑星は、星間にあるガスやチリが凝集してできたと考えられていますが、そのとき惑星にまで成長できなかった小天体がたくさん残ります。それらが黄道面を取り巻くように広がっている場所をエッジワース・カイパーベルトと呼び、木星や土星に弾き飛ばされた小天体が太陽系の最も外側に集まっている場所をオールトの雲と呼びます。こうした場所が、彗星のふるさとです。

それらの小天体のうち、太陽系に近づく恒星の作用によって太陽へ落ち込む軌道に変わったものが、新彗星として誕生するのです。遠いふるさとを旅立った彗星は、真っ暗な宇宙空間を、新たな軌道を描きながら孤独に飛行し続けます。こうした彗星の軌道のうちに、地球に降り注ぐ流星群の空間軌道と一致するものがあることから、彗星が流星の母体であることがわかりました。

このため、彗星の本体は、はじめ流星物質の濃密な集団だと考えられていましたが、太陽に近づくたびに大量のガスとチリとを放出するにもかかわらず簡単には分解しないことから、現在では、ガス物質の氷と固体粒からなる「雪玉」だとする説が有力となりました。

彗星のガス物質は、気体元素の化合物である水や二酸化炭素、メタン、アンモニアなどが宇宙の低温で凝結し混じりあって氷となったもので、固体粒は、珪素、鉄、マグネシウムなどの非揮発性元素からできています。

彗星が太陽に近づくと、熱のために雪が解けてガスが噴き出し、このとき、固体粒も一緒に放出されます。彗星の尾は、このガスやチリが太陽の光を受けて光って見えるもので、ふつう二筋に分かれます。一つは太陽と反対の方向に細くまっすぐに伸びるイオンの尾と呼ばれるもので、分子イオンとマイナス電子からなるプラズマが、太陽風と惑星間磁場の流れにのって飛び去っているのです。もう一つの尾はチリの尾と呼ばれていて、きわめて小さな固体粒からなるので、太陽光の圧力を受けて、太く短く、彗星の後ろへ取り残されるように先が曲がって見えるのです。

さあ、みなさんも、はるか昔の宇宙生成のさまざまな謎を秘めたまま、今も漆黒の宇宙空間を光の尾を曳いて孤独な旅を続ける、彗星の深遠な神秘にそっと耳を澄ましてみましょう。

＊

宇宙空間を飛ぶ
孤独のなかを飛ぶ
ことばとしての彗星
彗星としてのことば

ことばは隕石となって
他の天体に埋もれた

秘密のことばたちを
揺り動かし目覚めさせる

その隕石たちが
発信し受信し
意志を伝えあう
しずかなしずかな夜明け

＊

星踏派

私は、老師Nのあとを襲い、星踏派になることを心の奥に誓った。あの紺碧の夜空に広がる星座を大きく踏みわたる老師Nのように、大地を軽やかに踏みしめるステップの内部にもぐりこみたい。舞踏の形態のうちに星空を閉じこめてしまいたい。オリオン座のステップ。北斗七星のステップ。大熊座のステップ。射手座のステップ。なかでも、あの冬の大三角形のステップ。それを師にならって、一つ一つ覚えこんでいくのだ。師の踏むステップは、大地を踏みしめて地上に描かれるものでありながら、いつのまにか重力を失って夜のはてへと昇華して、星空と一体化していく。老師Nは、銀髪を振り乱しながら、その太り肉《じし》の短軀《たんく》を軽やかに操ってあらゆるステップを踏みこなし、夜空そのもの、いや、銀河そのものと化していく。ふだんはいぶし銀に静もる髪が、一旦ステップを踏み始めるや否や、それ自体で揺れ動く不思議な生命力を身にまとい、青味を帯びたり赤味を帯びたり自由自在に変化して、星の光に同化していく。師の一抱えもありそうなお腹の、むしろ鈍重そうに見える体の、どこにあの軽やかさが備わっているのだろう。何が、あんなにやすやすと、師と星座とを一体化させるのだろう。師は諭すように私に言う。「お前の存在を宇宙に委ねるのだ。そうすれば、星座のステップは少しも難しいものではない」と。手足が自分の自由にはならないことを嘆く私に、重ねて言う。「もはや、手足はお前のものではない。銀河と一体化して、むしろお前の存在そのものを無と化すのだ」と。しかし、そのための方法が私にはわからない。私は、不器用に星座の形をまねて、星空にステップを踏んでみる。それは、あの星座たちの瞬きを再現してはくれず、ただぶざまな舞踏のまねごとを繰り返しているにすぎない。それでも師は、見捨てることなく、あきれるような様子も見せず、私に語りかける。「星座の形を憶えようとするな。お前の肉体のうちに、心のうちに、星座そのものを刻みこむのだ」と。いつか、師の軽やかなステップが、私のステップそのものになる日が来るのだろうか。私の存在と星空とが夢みるように一体化する日が…。

＊

火ノ娘たち

夕暮の菫色が急速にかげって、たちまち深い闇へと流れこんでいく。沈黙の底に結晶していく深いしじまが見える。しじまの底からフタゴの月が、そのうす緑の肌を見せてほとんど同時にぽっかりと浮かびあがってくる。橋のたもとにたたずみ、蜜蜂をえさにタチツボスミレの壷を釣り上げようとしている火ノ娘たちは、少しの誤差も決して容赦しない顔つきで、口の裏側にこびりついた記憶の破片を熱心にこそげ落としつつ、フタゴの月が放つ蒼白な光線に裸の肌をさらしている。うす緑の二つの光線は、互いにからみ、くすぐり、たわむれ、火ノ娘たちの半透明の肌にいつまでも憩っている。フタゴの月のきららかな光がその肌を覆いつくすと、火ノ娘たちの心臓の搏動《はくどう》と接触してたびたびスパークする。あたり一面生い茂った植物の種子がその光に反応して、カタバミのようにいっきょに爆《は》ぜる。小豆大の種子はバチバチ音を立てて莢《さや》から跳びはねては、火ノ娘たちのふくらはぎを狙い撃ちする。火ノ娘たちは、嬌声を発しながら足を交互に挙げて、地団太のような独特のステップを踏んで踊りだす。そのステップの誘惑に耐えきれず、タチツボスミレたちはその壺を火ノ娘たちの糸に括《くく》りつけて、さっそく踊りの輪に加わる。遠くの丘に憩っているフタゴの月は、お互いに目配せしながら独特の吃語法で会話をはじめ、それに熱中しだすと同時に縁どりの緑をいっそう濃くする。そのときを待ちかねていたマンジャプラン流星群は、丘の上のフタゴの月を目がけていっせいに降り注ぐ。流星群の波状攻撃を受けたフタゴの月は、かろやかな金属音をたてながら、共有する記憶のゆりかごのうちへゆっくりと回帰していく。急に気圧が上昇して、空気は月の重圧から解放され、透明に澄みわたってくる。空気がとろりと甘くなる。蘭の花の匂いのような胸のうちに沈みこむ薫りをただよわせて、ハスに似た花が急速な開花期を迎える。そのとろりとした感触が鼻腔に広がり、いきなり眠気におそわれる。火ノ娘たちの乳房の谷間の秘密の部屋から、やがて巨大な日輪が昇ってくる。

＊

火星の月

なに、火星の月か。あれはなかなかの見ものじゃった。わしがまだ子どもといってもよい年ごろじゃったから、四十億年ほど前のことだろうて。あれが、火星の重力に捕獲された小惑星だと？　だれがたわけたことを。たしかに、どちらも小さい。小さいし、いびつじゃから、もとは小惑星だったなどといわれるのじゃろうが、わしは、この二つの目でちゃんと見たんじゃ。巨大な隕石が、いや、隕石というより小惑星といった方がいいほどじゃったが、それが猛烈な勢いで火星に衝突して破片が飛び散り、もうもうたるチリの山が宇宙にただよい出たのじゃ。いや、そのときの衝撃たるや、わしの乗っていた宇宙船も、あわや巻きこまれてそのチリの一部と化すところじゃった。伝説的な船長、あのコンタ・ジャレーの冷静な判断力と卓越した操縦技術がなかったら、わしらは銀河の藻くずと消えておったところじゃ。そのときの衝突のあとが、ほれ、あのボレアリス平原じゃ。その大量のチリが、火星のぐるりに厚い円盤状の輪っかと、その外側にうすい輪っかとを造った。その内側の輪っかのチリが、はげしくぶつかりあい熱を発してくっついて、しだいに巨大な月を産み出していったのじゃ。そうさな、地球の月の半分以上、いや、三分の二近くはあったはずじゃ。そして、この大きな月が外側の輪っかに出ていって、その引力によってフォボスとダイモスを産み出した。いってみれば、ふたりの産婆役じゃの。ところが、この巨大さがあだとなった。まあたしかに、火星の嫉妬もあったかもしれん。この月は、その重力に引っぱられて落ちていき、たった五百万年ほどでその命はあっけなく消えてしまったのじゃ。こうして今の二つの月だけが生き残ったのじゃが、かわいそうに、フォボスにしてもあと三千万年ほどの命だといわれておる。まあ、フォボスは、火星に近すぎるし、その火星の自転よりも早く公転して、一日に二度昇るほどせっかちな奴だから、生きいそいでいるのじゃろ。それに比べて、ダイモスときたら、ずっと小さく、火星に重きをおいてもらえないこともあって、五、六日にいっぺん顔を見せる程度に自由気ままで、火星からも少しずつ距離を取ろうとしているようにみえる。きっと、兄と反対の道を選んだのじゃろうな。

＊

惑星ミルトス

惑星ミルトス。ここから思いだすと、地球はなんとかなしいほどのうつくしさに覆われていることか。かろやかな音をたてて流れるせせらぎ。水底にしずむ岩や石をリズミカルにくすぐりながら、瀬音を軽妙な音楽としてささげる水の作用。そこを銀鱗をきらめかせて走りぬける小魚の群れ。しずかな淀みにゆるやかにゆれうごく藻のひと群れ。女の長い髪のように、それ自体一つの生きものめいてうごめいている。

どこまでもひろがる麦畑に一陣の風が吹きわたり、おもく実りはじめた麦の穂をカシャカシャかき鳴らす。風は、びみょうな色調の差をみせる麦畑を、おのれの通り道によってくっきりと色分けしながら進んでいく。きまぐれに進み、いきなり左に曲がり右に曲がり、自由な道すじをえがいていく。

ところが、この星の風ときたら、磁気嵐をともなって遠い砂塵を巻き上げたたきつけて、空いちめんをたちまち黄褐色にかき曇らせる。のどは焼けつくように締めつけられ、気管支がシュルシュル、ピュルピュルとかなしげに鳴って、おのれの死を予感させるほどだ。坂道を登りきった先に圧倒的な広大さでひろがる夕焼け空。この世の終わりかと息をのんでたたずむ少年としてのわたし。池の面に突然さざ波がむらがりたち、そこに夕陽の残照が反射して、いちめんの光の織物がいつまでも小声で囁きあってゆらめいている。

遠浅の海岸に寄せてはかえす波の音。そのくりかえしは、目に耳に貼りついて離れず、永遠という概念を連想させて気を遠くさせる。

しとしとと降りつづく雨の音。屋根という屋根をしっとりと濡らしながら、生めく植物の匂いをただよわす夕暮れ…。

この記憶さえあれば…。そう思わせるほど心ふるえる光景。地球にいる時には、まさになにげない、どこにでもある光景にすぎなかったのに…。手首に埋められた金属チップから、地球での記憶がふいに溢れだして、その物体としての手ざわりの生々しさに絡みとられたまま、記憶のうねりに溺れていく。

＊

赤紫色の空が
急速に紺青に染め上げられ
満天の星がいっせいに輝き出す
夥しい星たちは
空から海に降り注ぎ
一つずつ水に溶けこんでいく

はるか宇宙空間を旅してきた
光の波動のうちにひそむ
かそけき通信の孤独なすがた

そこに秘められた重力波の戯れ
やさしき精霊たちの舞踏

宇宙からの来訪者の密かな饗宴に
あらたに生まれた海底の宇宙では
ヒトデやイソギンチャクが
やわらかな体をもつ星となり
ゆるやかに海の銀河を形成して
波のうねりに揺らぎだす

＊

記述ⅰ

私はマテイラとともに海岸にいた。（マテイラとは船団以来のつきあいで、私たちは実に三ヵ月ぶりに出会ったのだ。（三ヵ月ぶりとわざわざ書くのは、それがかつてない、いかに異常なことかを示すためである。（なぜなら、私と彼とは幼いころから一心同体と言ってもよい関係を結んでいたからだ。（もちろん、一心同体とは言っても、私たちの間に通常類推されるような性的な関係がないことは、この際はっきりと言っておくべきかもしれない。（もっとも、一つの肉体を共有し、一つの性器を共有する関係を、性的な関係とは言わないという留保条件つきなのだが…。（この場合の性器とは、排尿の器官としてのではなく、性行為のための器官の意味であることを、わざわざここで断るまでもないだろう。（ただし、私たちはすでにマンダレイラ処置を受けていたので、それは十分に考慮に入れてもらわなければならないかもしれない。（マンダレイラ処置を受けた人の中にはカリモイラ前線基地に送られた者も少なくなく、そこで私たちもあのグレゴリーの夏を過ごしたのだった。（マティラも私も、もちろんそれが後にグレゴリーの夏と呼ばれるようになるとは全く思いもせず、ただひたすら、宇宙空間の粗大ゴミどもと戦っていたのだ。（粗大ゴミどものしつこさと言ったら、シュトック銃で片づけても片づけても、次々と湧き出てきて、私たちをうんざりさせたものだった。（一日中シュトック銃を撃ち続けた日には、手がおのれの言うことをもはや聞くこともなく、眠る時にさえひらひらと泳ぎ出るようなフレッダー症候群に見舞われるので、それに起因する悪夢にうなされるのが、私たちの一番の悩みだった。（その悪夢たるや、おのれの手足が八本にも十本にも増えて、蜘蛛のようにテンデンバラバラに動き回って、おのれの首を締めつけるというもので、起きるたびに頭がグラグラするようなめまいに襲われるのだ。（そのめまいの治療のために静養を認められて、私はマティラとともに海岸にいた。

＊

記述ii

私はマティラとともに海岸にいた。（海岸と言ってもそこは、波が浸食して作った古積層時代の海岸で、一時は町の中心部と言ってもよいほど繁栄をきわめていた。（今では見る影もないほど没落していく一途なのだが、それでも地名として「海岸」という呼び名は残っていた。（この例からもわかるとおり、この国において地名は、その土地の最古層を示すものが選ばれるべきことが厳密に条例で定められている。（最古層というのは、もちろん言うまでもなく、入植以来の最古層という意味であるし、それ以外に意味というものは存在しない。（入植以前にも、この土地が土地である限り歴史はあるにちがいないのだが、それを記した文書は一つとして実在していない。（最初の入植者たちが、自分たちの新たな歴史を権威づけるため、それ以前の書物をすべて没収して、片端から焚書にしたというもっぱらの噂だ。（いや、それよりもむしろ、入植以前には書物がなかった、もっと言えばその概念がなかった、という説の方が正しいとも言われている。（そもそも、私たちからみた場合の記述する主体自体が、この海岸の厳しい環境では存在しようもなかったのである。（記述する主体がいないとしても、だからと言ってこの土地がある限り、それのもつ歴史がなかったことには決してならないはずだ。（歴史というものは本質的に記述する主体を必要とするものである以上、正当性はいつまで経っても保証されないが…。（いや、この場合一番の問題となるのは、出来事の集積としての歴史と言うより、むしろそれぞれの土地の抱える想起されるべき固有の記憶である。（なぜなら、土地というものはそれぞれがそれぞれの土地の記憶にすがって、かろうじてそのアイデンティティを保っていける存在であるからだ。（土地のアイデンティティの問題をもちだしたからには、あの「起源派」の疑いをもたれることは十分に覚悟した上で、発信し続けるしかないだろう。（その「起源派」の首魁こそがマテイラだという疑いをかけられ、当局におびき寄せられた結果、私はマテイラとともに海岸にいた。

＊

記述iii

私はマティラとともに海岸にいた。（今、思わず「私」という、既に使うことを禁止された単数の人称を使ってしまったが、これはごく私的な文書なのでかろうじて許される範囲であろう。（しかしながら文書というものは、本質的にファランダ中央情報局への極秘の報告書にほかならないとされる以上、すべては公的なものであるはずだという意見もある。（何が公的かという判断には、個人的な志向／思考／指向／嗜好の入り込む余地がたぶんにしてあるため、そこから個人が抱えもつ感情に一気にダイブすることも不可能ではない。（ただし、個人という概念が禁止されているため、感情と言っても集合体としての感情装置そのものしか表向きには認められていない現在としては、装置に向かってダイブすることしか許されていないのである。（しかもダイブする際には、この時期に限って銀河空間を吹き荒れる、フレーヌ磁気嵐の速度をカロンデ式風速計に従って厳密に計測しなければならない。（この計測に失敗すれば、横なぐりの磁気嵐に吹き飛ばされるがまま、アシモス空間を永遠にさまようことになってしまう。（ただし、横と言った場合、今いる宇宙基盤自体がひっくり返されないためには、どの恒星を基準軸として縦、横を決めるのかをまずは明確にしておく必要がある。（いや、それよりも、ファランダ基地をこそすべての思考の基準軸とすべきであるという、われわれの鉄則をここで思い出すべきかもしれない。（突然、脳裏をかすめて、平穏であったファランダ基地を自由に歩き回っていたころのさまざまなファンダル映像が、処理されないまままつぎつぎと飛来し去っていく。（これをしも、個人的な感情として当局によって否定されるとしたら、記憶とはそもそもどこに棲息することが可能となるのか。（そう、その記憶の宇宙空間でのあり方を研究するためにファランダ基地にいた私は、記憶は個人に所属するという結論のために、その場所を放逐されたのだ。（報告書を捏造したという容疑のため、追放・流刑された多くの研究者の一人として、私はマテイラとともに海岸にいた。

＊

なにもない宇宙空間を
飄然と航行する白い凧
太陽光をその帆に受けて
はげしい磁気嵐のなかを
みるみる遠ざかる銀河の方舟

エンジンも燃料もなしに
太陽光の反射方向を調節して
目標となる軌道に沿って進む
宇宙空間の気品あふれる貴婦人
優美な夜会服を両手で広げて

他の天体を探査するために
惑星の重力でスイングバイして
太陽系を飛び回るハチドリ
正方形にひろげられた帆は
ギリシア神話の少年の翼か？

時を翔けて惑星空間を飛ぶ
太陽の帆船　宇宙のヨット
その簡素で瀟洒なすがたが
目の奥に映像として焼きつき
私の内なる銀河を飛んでいく

星葬

＊

遠ざかっていく太陽の青い光がかすかに瞬いて、世界は一挙に黄昏の様相を呈してきた。失われていく薄青い光の中に明るい星がいくつか瞬きはじめた。いつまでも悲しんでいることは私たちに許されてはいない。明日には、S船団の中から選ばれた新しい船長がこの宇宙船にやってくる。そのためのドッキングの準備も二時間以内に始めなければならない。こういうことが起こりうることは想定していた。しかし、それが、あのJ船長だとは…。名を馳せた船長のせめてもの証として、私たちは正装時の姿のまま送り出すことにした。本国から言えば明らかな規則違反であろうが、これは私たち全員の一致した思いだった。本国の役人たちになにかできるわけでもあるまい。J船長との最後の時を惜しむために、普段は使うことのない前方の扉を開け、さらにその外側の乗船以来触れたことのないハッチ開閉盤を回し、待避空間に船長を横たわらせた。誰もかれもが、とうに忘れ去っていた手を合わせるという行為を無意識のうちにおこなっていた。ここに長居することは許されない。それぞれがそそくさと船長に別れを告げ、各自の持ち場にもどった。いよいよ星葬のときだ。密閉ハッチの非常開閉スイッチに手を置く。私の親友である副操縦士Mが、気を利かして既に安全装置を外していた。J船長との関係を考慮してか、みんなはこのスイッチを押す役割を私に託してくれた。心のうちで深呼吸を一つして、万感の思いを込めてスイッチを押す。ギイーッと遠くで聞こえた気がして、軽い振動が立て続けに宇宙船を襲う。前方の非常ハッチから飛び出したJ船長の正装した姿が窓越しに見える。船長はみんなに別れを告げるかのごとく、一瞬静止して窓に正対したかと見るや、たちまち後方にスーッと流されていった。私の左肩が突然軋んだ。J船長は、永遠の旅に、宇宙空間を暗黒物質とともに渡っていく永遠の旅に出た。皓々とした星の光を浴びて孤独の旅を続けていく。魂の原郷を求めて航行し続けるのだ。あるいは、どこかの惑星に出会って、流星として燃え尽きるのだろうか。私の目じりに熱い液体が、乗船して初めて感じる熱い液体が、次々と流れ出てはたまっていった。

＊ビッグバン

いや、ビッグバンは、さすがのわしも実際には見ておらん。生まれる前のことだからな。だが、学校に上がって最初に習うのが、ビッグバンだ。なに、ビッグバン以前か。それは、答えようがないな。なにせ、宇宙誕生以前のことだからわしも知りようがない。まあ、時間も空間もないまったくの「無」だったと聞いておる。かといって、何もなかったかというと、そんなことはない。文字通りの「無」そのものがあったのだ。そこは、わしらの宇宙とはまったく関係をもちえない世界というだけで、素粒子が、絶えず生まれては死んでいくような状態にはあった。永遠に続くと思われたこの「無」の状態が、百三十八億年前ひょんなはずみで均衡を崩したのだ。宇宙を生み出す全てのエネルギーが一点に集中していたため、そこは考えられんほど高温で高密度だった。だから逆に、いったん崩れたらひとたまりもなく、一瞬にして爆発的に拡張したのだ。これがビッグバンだ。こんな高温で高密度の状況を呈するのは、ブラックホールしか考えられん。つまり、わしらの宇宙はブラックホールの中で誕生したのだ。だとすれば、わしらの宇宙のブラックホールの中には、さらに別の宇宙が存在する可能性があるというわけだ。どうだ、ぞくぞくする話だろ。さて、ビッグバンによって誕生した宇宙は、光速を超えるもの凄い速さで膨張していった。試験によく出たから覚えておるが、これを「インフレーション期」と呼ぶ。このときに重力が生まれたのだ。やがて、膨張のスピードは落ち始め、今度は熱エネルギーを出し始めた。このころの宇宙の直径といったら、たったの一センチほどだった。まさに、宇宙の赤子だな。だが、この赤子の成長の速さときたら、ほんの一瞬で一ミリの大きさが千億光年の広さに拡張するほどだった。ビッグバンのたった百分の一秒後には、宇宙には、大量の光子、ニュートリノ、電子、少量の陽子、中性子が混ざっていたのだ。これらの名も、必死に憶えたものだ。さらに宇宙が膨張して冷えていくと、水素やヘリウムの原子核ができて、今の宇宙の姿に近づいてくる。そう、その通り。「無」から始まったのだから、この宇宙そのものが壮大な虚構かもしれんな。わっはっはっは…。

＊

折りたたみ理論

宇宙空間を飛行する際にその時間を短縮する画期的な方法が、ついに発見された。一言で言えば、宇宙空間を折りたたむことによって空間を圧縮し、その結果、飛行する時間を短縮するのである。一枚の紙をイメージすると分かりやすいだろう。出発点が紙の一方の角で、到達点が対角線上の角だとする。これは、この紙の上における最も長い直線距離であり、したがって、同じ速度で進んだ場合、時間を最も消費することは言うまでもない。

ところが、この紙を出発点と到達点とを重ねて折り曲げてみると、この二点の距離はほとんどゼロになる。そこで折り曲げることが不可能な場合でも、この紙を半分に、さらに四半分に折れば二つの点は重なる。これを一般折りたたみ理論と言う。この理論を、宇宙空間において利用するのだ。宇宙空間は、あちこちで歪んだり、曲がったり、反ったりしている。そのために、ある天体が別の天体と極めて近づいているという事態が起こり得ているにもかかわらず、今までの学説では、別々の宇宙空間であるがゆえに正規の軌道を遠回りしてしか辿り着けないと考えられていた。

先ほどの譬えで言うと、出発点と到着点が重なっているにもかかわらず、最短距離の場合でさえも対角線上を進むしかないと考えられていたのだ。同じ平面上ではないにしろ、隣接する平面であるからには、空間をまたぐことができさえすれば、あっと言う間に到着点に辿り着けるはずだ。二次元であるこの紙の理論を、そのまま三次元に応用すれば、あの遠い銀河のはても、最適な歪みや折れ曲がりを利用すればよい。隣接させることも可能なのだ。

いや、隣接させるのではなく、あらゆる可能性を勘案すれば、目的地がすぐ隣に存在する空間配置もあり得る。一回で無理な場合は、二回三回と折りたためばよい。あとは、宇宙空間を乗り超えるためのちょっとした跳躍力さえあればいい。これには、宇宙空間をいきなり出し抜く、あの出し抜き理論がそのまま使える。しかも、この折りたたみ理論は、出し抜き理論と併用すれば、空間のみか時間にも利用できる可能性を秘めていることさえ見えてきたのだ。

銀河の岸辺に降り注ぐ星たちへの〈悲歌〉

＊

1

銀河の岸辺に満ちてくる
ひめやかな星たちのざわめきに
夜がその眠そうな目をそっと開く
眠りの汀で見失ったものたちの影が
成層圏にゆらぐオーロラのうちで
パジャマのまま舞い踊っている

2

練絹のような闇の手触りに溺れる
ミルキィ・ウェイにそよ風が立ち
対岸の柳がしなやかに手招きをする
そんな夢の罠にだまされてはいけない
客星《かくせい》たちの見え透いた手口にすぎない
「ねむれ　ねむれ　ははの　むねに…」

3

カイパーベルトを渡ってくる星たち
そのにぎやかな行進曲が聴こえる
キュビワノ　トゥーティノ　プルーティノ
それぞれの種族特有のリズムを奏でながら
星屑のさざ波をじゃぶじゃぶ踏み渡ってくる
陽気なスウィングに潜む甘美な死のつぼみ

4

カロンの艀《はしけ》にのって
釣り糸を垂れる一つ目の巨人
今日の獲物はみずへび座？
うお座　それとも　くじら座か

糸が絡んで星座の輪郭をかき乱し
少しゆがんだ空間に朝焼けが滲む

5

加速度的に膨張する銀河の果てに
真っ黒な波動が打ち寄せてくる
未だ姿を見せぬなぞの惑星の
卵型を描く巨大な軌道の上に
遠く別の恒星系から渡ってきた
かすかな足あとが光っている

6

セドナ　エリス　クワオワー
眠れぬ一人の夜のひそかな呪文

その軌跡が胸のうちに轍《わだち》を残し
不眠の宇宙がゆっくりと拡がる
記憶の奥のメリーゴーラウンド

7

銀河を泳ぎ抜ける見知らぬ彗星
その水際立った抜き手の形に
星座たちが過敏に反応する
冥界からの使者を見てはならない
不在の魂を奪われてしまうから

8

星空に音楽が流れ
バッハのクラヴィア曲が流れ

そのなかを流星が尾を曳いて流れ
すべてが流れのなかを流れていく
流れのなかに己の位置を計測せよ！
立脚すべき基点などどこにもないけれど

9

小惑星たちが投げる軌道の糸に
絡めとられた他の銀河からの来訪者
帽子の影にくもるその顔を
見ることはできない
感じることはできない
祝祭の犠牲者のあまりに整った顔は

10

銀河の波打ち際に
雨がしとしと降っている
傘もささずに歌っているのは誰?
天体の出生記録に漏れたまま
冥界に紛れ込んできた遊星?
それとも——

＊

点火式

中央広場は、突然の静寂に襲われた。市庁舎の正面玄関から、シルクハットをかぶりタキシードを着た市長を先頭に、仲の悪さが有名な双子の助役、のっぽの出納長、盲目の図書館長、恐妻家の警察署長といったお歴々が、しずしずと現れた。いきなりファンファーレが鳴り響く。市長一行は、リズムに合わせるかのように、一歩一歩膝を高く上げて行進し、そのまま真っ直ぐにかつての王宮の中へと消えていった。市民たちは再び、ざわめきを取り戻した。

やがて、そのざわめきにも倦怠の気配が漂いはじめたころ、中空から布で隠された巨大な物体が下りてきて、低空で音もたてずに止まった。ざわめきが新たに高まる。巨大な物体は、その位置を少しずつ動かして、微妙な修正を試みているらしい。なんとか本来の位置に静止したと思われるころ、再びファンファーレが鳴る。それを合図に布が取り除けられた。現れたのは、巨大な月だった。長い間故障していた月が、ようやくにして直ったのだ。夜空にあった巨大な欠落が、やっとふさがる。すきま風もこれで止むだろう。

ファンファーレが、ドラムの擦り打ちに変わる。王宮の屋根から特設の階段がするすると伸びて、巨大な月のすぐ前でとまった。王宮の屋根に現れたのは、市長だった。背中にコブのある、特徴的なシルエットでそれとわかる。市長は、サーカスの軽業師も驚くほどの身軽さで、いまやハシゴと言うべき細い階段をのぼっていく。ハシゴが市長の重みでゆれる。いきなり突風が走りぬけ、シルクハットを飛ばす。悲鳴が広場中に広がる。悲鳴の最後のかけらがプチンと消えた。最上段に立った市長は、大きく息をつくと、タキシードの胸ポケットからピストルのような何かを取りだす。ファンファーレがここぞとばかりに大音量でとどろく。音楽が突然やむ。広場は、息をつめた静寂に変わる。市長の手が空中に伸びる。月に点火されるやいなや、ボッと大きな音がする。一瞬にして、青白い優雅なガスの炎を見せて、月は空に浮かんでいく。一斉に歓声が上がる。最新モデルのガス式の月がついにこの市にもやってきたのだ。市民の興奮は、あっと言う間に最高潮に達する。

＊

生命体H
――生殖活動

生命体Hは、身体の中央部近く、より正確に言えば二本の移動器官の付根部分に突起状の器官をもつものと、もたぬものの二種に分けられる。二種ともに、その部分は通常、液体状の排泄物を体外に排出する機能を果たしているのだが、もう一つ別の機能をもっていることが明らかになりつつある。われわれの観察によると、おもに恒星Tの光が及ばぬ時間帯に限られるのだが、Hたちは（これも突起状の器官をもつものともたぬものの一組であることが通常である）、ふだんその身体を包み込んでいる物質をすべて取り除いたうえで、奇妙なぐあいに身体を密着させてふしぎな運動をする。

かれらは、食物を摂取する器官を、もう一方の個体に所かまわず付着させる。ただし、そこにも偏倚が見られ、おもに摂食器官、授乳器官、排泄器官に集中していることが観察されている。そして、最終的に排泄のための突起器官を拡大・硬化させたうえで、その器官をもたぬ側の、その欠落した部分に突き入れる。やがて、その突起器官をすばやく出し入れすることによってその運動は次第に激しさを増し、多くの場合奇妙な音さえ発して、突如終了する。

これらは通常、巣の中のさらに密閉した光の乏しい空間で行われることが多いけれど、恒星Tの光のもとで、その巣を離れて行われた稀少例も報告されている。また、通常は突起状の器官をもつものともたぬものの一組で行われるのであるが、突起状の器官をもつもの同士、もたぬもの同士での行為も観察例がある。さらには、二組、三組で行われた例、多くの個体数が集まって全く規則性なしに行われた稀な例も、報告されている。

この行為がどのような意味をもつのかはまだ充分には解明されていないが、突起器官をもたぬものが次世代の個体をその排泄器官から生み出す点から見ると、生殖活動であろうという説が有力である。しかしながら、次世代を出産しない突起器官をもつもの同士での行為を見ると、この説にも大いに疑問符がつく。また、進化の過程なのか、この二種以外に、その中間形態をもつものさえ観察されることから、この点についてはさらなる解明が必要とされるだろう。

＊

月遊病

黒死病の流行は猖獗《しょうけつ》をきわめた。ひとびとは、疲れきった牛馬のごとく皮膚が黒ずんで、次々に病に倒れ伏していく。あたかもそれは、火が水の中で炙《あぶ》られるのを聞くようだった。この厄災の元凶は月に帰されるべきだ。月のもつ不気味な人知れぬ力、夜のもつ薄気味悪い力、そうしたものが密かに闇を醸成し、その闇の中にこうした厄災を流しこんでいるのだ。月を見ていると、ふらふらとどこまでもさまよい歩きたくなることが、それを証明している。そして、夜の闇に浮かぶ月のあの光を浴びると、特有の甘い憂鬱に襲われる。そのやり場のない憂鬱が、わたしを月の光の操る道化師と化して、死者たちの元へとおもむかせるのだ。そう、死者たちとの心楽しい戯れこそ、わたしの人生の窮極のたのしみ。死者たちは決して裏切らぬ。その肉が、骨が、内臓が、わたしの心をやさしく炙る。その音が、わたしの耳を蕩かせ、わたしの目を耀かせる。わたしを「月遊病患者」とさげすむやつらがいるが、勝手に言わせておくがいい。月に影響を受けない方がよっぽどどうかしている。地べたにひっつきまわって泥にまぎれるがいい。もちろん、「流星病患者」や「彗星病患者」を別にしての話だ。わたしが、細い不安定な梯子をのぼって仕事部屋に引きこもり、弟子たちさえのぼってこられぬようにその梯子を引き上げてしまうのは、この月の光の、全身を浸す快楽をだれにも邪魔されたくないからだ。この光のうちでのものたちの真実の姿を画布に写し取るためだ。絵画は、ある形に魂を与えてあたかも生きているかのように見せ、尚かつそれを平面上で行って自然を凌駕しようとするものだ。この絵は、完成まで誰にも見せてはならぬ。たとえ弟子たちでさえ。ひとたび人に見せれば、またぞろ、あまりに引き伸ばされすぎだの、現実にはありえぬ色彩だの、空間が奇妙に歪んでいるだの、分かりもしない癖に妙な言いがかりをつけてくることは、火を見るよりも明らかだ。そんな奴らに仕事の邪魔をされてはたまらない。ただ、青銅の髪をもつあの弟子一人だけが、わたしの真意を理解してくれればそれでよい。

＊

オーロラが空全体を覆い尽くす
妖艶なまでに青い燐光を帯びて
天空を変幻自在に揺れ惑う
夜の巨大なカーテン
霊妙な命をほとばしらせて
舞い踊る巨大な光の蝶

すさまじい勢いの太陽風が
惑星全体に吹きつけてくる
荷電粒子をまき散らし
大気と地磁気とをかき乱す

美しくも恐ろしい黎明の女神
赤から緑へと瞬時に彩りを変える
たおやかな怒りが繰り出す夜想曲

夜空を揺るがす爆発音が
静寂に沈む冷気をうち砕く
天頂のエロチックな裂け目を破り
磁気圏に踊り込んでくる
虚空に住む高貴な赤い龍
死してはまたよみがえる
星辰の秩序の優雅な叛乱者

＊
移植

左肩の移植した部分の皮膚が、引き攣れるような違和を感じさせる。皮膚の表面が真皮質から浮き上がるような感じと言った方が正確だろうか。それが軽い痺れをともなって、ピリピリ、ピリピリと中枢神経を刺激してくる。痛いと言うほどではないのだが、妙に神経を逆なでしてくる質の刺激なのだ。

いつ頃から始まったのか、はっきりとした自覚はないが、思い返してみるとどうやら数年前からのことだから、あの処置が影響していることは間違いないだろう。あの医者の未熟な技量のせいなのか、それとも処置につきものの症状なのか、十分な説明を受ける暇もなかったので自分でもよくわからない。あの頃、時を前後して処置を受けた者たちにも、同じ症状が出ているのだろうか。その後のかれらの動向は秘密に閉ざされているから、知る由もないが…。

ただ、どうやら何らかの生命の危機を感じる場面で症状が出るようだ。わたし自身の危機判断ではない。その時点ではなんの危険も感じなかったのに、ふりかえってみると、あのときは危なかったという場面で、必ず左肩から心臓に向けてうずくのだ。左肩の皮膚自体が、おのれの独自の感覚に従って判断しているようなのだ。きっと移植した皮膚が、危険を察知するセンサーの役割を果たしているに違いない。

左肩の皮膚はさらに膨張して、自分とは無関係に、そこに走る神経系統がなにかに（例えば紙一枚に）隔てられて作用しているかのようなもどかしさを感じさせる。皮膚自体が移植された時の記憶をもち続けるせいだろうか。処置の夜を思い出して、皮膚が自分のものではないという違和感にたえず侵食され続けるようなのだ。あるいは、あの夜のように、月の光にさらされるとそうなるのかもしれない。

いずれにせよ、わたしとはまったく無関係の、皮膚自体の記憶がうずくのは間違いない。移植された皮膚の元の持ち主の記憶が、皮膚を透過して浮かび上がってくるのだろうか。

土星の輪

＊

ああ、土星については、言いたいことがあの輪の数ほどもある。もちろん、あの輪は生まれついたときにはなかった。あいつにしても、丸裸で銀河に生まれてきたのだ。中心には、たしかに岩石でできた核がある。だが、しっかりしているのはそこだけで、周囲を金属水素が厚く覆っていて、さらにそのまわりを液体の水素とヘリウムが、一番外側をガスが取り巻き、表面はアンモニアに覆われている。どうみても、図体《ずうたい》ばかりが大きくて、中味がスカスカの嫌われ者だ。そのうえ、大気は寒く、えらく風が強くて、とても見どころのあるようなやつじゃない。もちろん、極点に見えるオーロラはなかなかのものだが…。そのオーロラの魅力というわけでもないだろうが、土星の大きさやその虚勢を張った態度に、ひれ伏すものやら、近づくものやらがいろいろといて、いつのまにか大勢の衛星を引き連れるようになった。そうだな、大小あわせて百ほどかな。いっぱしの英雄気取りさ。そのうちで、タイタンはその名からも分かる通り、水星をしのぐほどの大物で、レアもなかなかの切れ者だったが、他は雑魚ばかり。ああ、肝心の土星の輪のことだったな。そうあわてるものじゃない。あれは地球で恐竜がのさばっていた時代だったから、かれこれ一億年前のことだ。いや、実に面白い見ものだった。まるで、つい昨日のことのようだ。そのたくさんの衛星たちも、さすがに土星の本性にあきれ果てて、なにがきっかけだったかはもう忘れたが、その一部が語らって叛乱を起こしたのだ。それも、この際思い切って土星に正面から突き当たろうということだった。ところが、さすがにあれだけの大きさの土星だ。いざ突き当たるとなると、衛星たちは怖《お》じ気《け》づいて、お互いに衝突を繰り返して氷の殻を引き裂き合い、その残骸が土星に引っ張られて輪になったのだ。衛星によってもちろん大小があったので、その残骸による輪にも当然疎密が生じた。と言っても雑魚ばかりで、しっかりした核をもつものなどいなかったので、成分はほとんどすべて氷ばかりだ。それなのに、土星のやつは、自分が反逆者を成敗したとばかりに、あの輪を飾りに洒落者を決め込んでいるのさ。その衝突のとばっちりで地球に巨大隕石が飛び込んできて、恐竜が絶滅するきっかけとなったのだから、一言ぐらい文句を言ってもバチは当らんだろう。

*

王制

王宮は首都の中心部に、周囲を深い堀割に守られて建っている。堀割は、一見、王宮を守るために張り巡らされているように見える。だが実際のところは、これによって王を幽閉していることに国民はすでに気づいてしまっている。王は四六時中監視されていて、排尿・排便といったわずかな自由のほかは、食事や散歩に至るまでその行動はすべてが厳密に管理されている。王宮からの遁走を企てたとしても、一人の同調者、協力者もいない王にここから逃れるすべは一つとしてない。たとえ、寝室から抜け出すことが可能だとしても、深い堀を一人で渡れる方法があるはずもない。

なにゆえに、これほどの監視下に王は置かれたのか。王は、実に深い独自の哲学の持ち主、すなわち王国を維持するに際して危険極まりない、最も民主的でかつ自由な思想の持ち主であるがために、軟禁状態にされたのだ。王のこの、過激な思想・哲学と安易に接触する場が増える結果、国民の多数が民主的な考えに傾斜したら、この国の王制自体に大きな変革が起きてしまう。そのため、王の手から政治権力を奪い、そのすべてを官僚制の統治下に置くことで、王を衛生無害の機関とし、その上で空無の中心に据えたのだ。

さらに、一切の政治的意見を表明する権利を王から奪い、その空洞化した無内容の政治的中立をうたうことで、空無の中心だからこそ王たりうると、建国の理念であった国法さえも改変した。王はなんらの実権ももたぬからこそ、意志をもたぬからこそ、一般国民を超える根源的な王の権威が発生すると理屈付けたのだ。政治権力は、行政府の長である長官が握っていればよい。最も民主的な考え方の持ち主が王政の空無の中心にいて、しかも何らの政治的実権をもたないというこの構造こそが、この国のすべてを象徴している。

官僚たちは、王権をふるうのを最も忌み嫌っている人物の名のもとに、自分たちの身勝手で卑小なイデオロギーを実践するための王権制度をせっせと生み出している。王自身が発信する手段は、年々限られるようになった。だが、こうした王の姿こそは、この国の人々の魂の空無そのものを映し出した存在なのかもしれない。

＊

原子的郷愁

満天の星がはるか頭上高くを、いちめんに覆いつくしている。紺青の空はどこまでも深く、そのしじまの底から星空の弦楽曲が次々にあふれだしてくる。こんなにも秘めやかな光なのに、体の奥からの郷愁を感じるのはなぜなのだろう。冷気は肌に沁み、空気の透明度はさらに増していく。流星が、天空を切り裂くようになためにに走りぬけた。これほどの距離を隔てながら、あの遠い星々のどこかに帰属すべき天体があるという確かな実感がわたしにはある。

重力波や暗黒物質が絶え間なく降り注ぐ、この見なれぬ地上にいることの気の遠くなるような感覚。それらは、わたしの体内を音もなく通り過ぎ、なんの痕跡も残しはしない。ただ、わたしの存在の根底にほんのわずかなゆらぎを引き起こすだけだ。目に見えぬ波動に支配されている感覚に不意打ちされる。

身体が自らの存在から離れていく恐怖におそわれ、急に動きがぎごちなくなる。わたしの身体は、はるか彼方の天体に由来する元素でできている。星間空間を隔てて、見えない糸で星々と結ばれている。

わたしは、流れ出ていこうとする身体を、その糸で必死につなぎとめようとする。その糸に身体の奥がそっと引っぱられる。わたしの身体を形成したり、生命を維持したりするのに不可欠な元素は、超新星からやってきた。その旅の記憶が、体内にかくじつに残っている。超新星は、爆発の際、その高温の炉で造られた元素を宇宙にばらまき、それらがはるばる旅をして、やがて集結してこの惑星を形成した。だから、わたしの身体は、彼方の星たちとつながっている。細胞の一つ一つが、宇宙の記憶をもっている。

ひときわ明るい超新星が、いきなり中空に輝きだす。わたしの身体を構成している原子のほとんどすべては、この爆発した星の内部に存在していたのだろうか。わたしのうちなる原子が、はるかに遠い天体の原子とひそかに交感しあっている。存在の底からの原子的郷愁におそわれる。その爆発による衝撃波は、星間物質の密度にゆらぎを生み出し、新たな星の誕生をうながしている。それらと照応しあう宇宙が、わたしの存在のうちにしずかに拡がっていく。

通信　＊

テュルンテュルン、ティティ、カカカカ……
グワｘｘｘｘｘｘｘｘァーｘｘｘｘｘｘｘーン
ポシュ、ポシュ、ポシュシューン、ポーリングググｇｇｇ
グワッシュ、ズーズーズーｚｚｚ
ピュルｒン、ピュルｒルｒルｒｒｒｒｒｒーン
シュシュシュシュｓｓ、グワッシュ
ピピピピピピ、ティティタタタ……ンｎｎｎ
プシュプシュ、ポワッシュ
グルルン、グルルン、ポワンポワン
ポワンポワン、ルルルルルルルルルルルｒｒｒｒ
ガナッシュ！
クリン、クラン、クルン、クククククー
ｍｍｍｍｍｍｍｍｍｍーン、ムーン、モーーン

ガァッガァガァ、gggガァッガァッガァッー
チュクチュク、チュクチュク、リリリrrrrー
ザッ、ザッ、ザッ、ザッ、ザザザzzzzzz……
ザーザーザーザー、ザァ…………
ポワルrン！
プルルルrrー
kリンtワルンsリング
gワッシュ、ピリング、トゥルリン
ウィッシュ、コム、コム、キリング、コム
トゥー、トゥー、トゥー
nング、nング、ラルン、ラララルーン
ザッシュ、ラルン！
ザザザザzzzzzzz……

*

生命体H
——概要

この惑星において、きわだった特徴をもつ生命体について報告しなければならない。他の多くの運動性生命体と異なり、この生命体は直立して二つの移動器官で動き回るほとんど唯一の種である。これを今、便宜上「生命体H」と名付ける。生命体Hは、他の多くの運動性生命体と異なり、後面部中央付近の突起状器官をもたないと推定される。やや不明確な記述をしてしまったのには理由がある。

生命体Hは、他の生命体とは大きく異なる生態として、身体のほとんどを別の物質で包み込むという奇妙な習性をもつ。したがって、体の表面の大部分は直接観察することができない。この習性がどういう意味をもつのかはいまだ明らかにはなっていない。寒さを防ぐためだという説もあるが、過酷な暑さの中でも身に付けていることを考慮に入れれば、この説は否定されるべきだろう。この物質については さまざまな色彩・形状が観察されるが、材料については他の不動性生命体の死骸によるものである可能性を捨てきれない。

さらに、生命体Hは、驚くべきことに、他の生命体を摂取するという野蛮な習性をもつことが、観察から明らかとなった。水中の生命体や地殻上に生息する他の生命体（運動性のものも不動性のものも）を、非常に好んで摂取する。それを、そのまま摂取することも稀にはあるが、多くは大変複雑な工程を加えたうえで摂取している。この加工の際には、燃焼作用が多く利用される。このように、燃焼作用を常に管理し、自在に使いこなす能力も、この惑星のうちでこの生命体だけがもつ大きな特徴である。

生命体Hは、また、多く群れをなして棲む。数個の個体で棲む場合もあるが、夥しい個体が群れをなす巨大な巣を造ることも多い。巨大な巣も、その内部は細分化されていて、その分巣に一個体から四、五個体で棲むことが多いようだ。その外観は、私たちの惑星のアハトの巣に偶然にもよく似ている。生命体Hは、恒星の光が差し始めた直後に、目的のよく解明されていない活動のために巣から離れ、光が差さなくなってかなりしてから巣にもどる。巣の中での生態については、未だ充分には観察されていない。

＊

入れ子構造

今や、ついにわれわれを取り巻く世界の構造が、いや、宇宙そのもののの構造が見えてきた。この宇宙は、すべて入れ子構造でできている。何よりもまず、そのことに気づくべきだ。

最小の単位から考えてみよう。かつては、物質の根源をなす不可分な窮極的要素として元素が考えられていた。二十世紀に入ると、個個の元素を構成する最小単位として原子の概念が確立される。科学の進歩に伴い、原子は中心にある原子核とその周りに存在する電子から構成されていて、原子核はさらに陽子と中性子からなっていることが発見された。また、陽子や中性子も三つのもっと小さなクォークという素粒子から構成されていることが解明された。

しかし、素粒子はこれが終着点ではあるまい。このクォークにも内部構造があるに違いない。そう考えられる確かな証拠がある。こうした、物質を構成する窮極の最小単位でさえ、その内部にさらに固有の構造をもった宇宙を抱え込んでいることが、次々と明らかにされてきたのだ。まるでマトリョーシカ人形のように、物質の世界はどこまで分け入っても、入れ子構造的に続いているのである。大は、銀河の構造についても同様である。われわれの銀河は、素粒子と反素粒子が極小の空間に密閉された高温で高密度の状態から始まった。こうした条件を満たす環境は、ブラックホール以外には考えられぬ。つまり、われわれの銀河は、巨大なブラックホールのなかで誕生しそこに浮かんでいるのだ。そうであるからには、そのブラックホールをおのれの内部に抱えもつ、巨大な別の銀河が存在する可能性は否定できない。そして、その巨大銀河は、当然なことに、さらに別のブラックホールに浮かんでいる…。

そう、宇宙は極小から極大に至るまで、何重もの入れ子構造になっていて、酷似した構造がそのすべてを支配している。原子は宇宙の構造をそのまま模倣しているとも言いうるし、原子の構造そのものが、宇宙の構造を決定しているとも言えるのである。ということは、われわれの世界をそっくりそのまま拡大／縮小して転写した世界が、別の次元にも確実に存在しうることになるはずだ。

＊

三つの太陽

今のところここでは、動物型の生命体は発見されていない。一見地球上のサボテンによく似た、植物を思わせる生命体（確認はされていない）はあるのだが、今見えていたかと思うと瞬時に消えてなくなってしまい、ただちに全く別の場所に現れる。はたしてそれが、同一の個体であるのか別々の個体であるのかは、識別のしようがない。と言うより、この生命体がはたして本当に実在するのかさえ未だ明確にされていない。映像として投射されているものを目で認識しているにすぎないとも言われているからだ。

しかしその一方で、その存在を体感的にはっきりと感じとれることもまた確かな事実なのだ。どの個体も形態的にはそっくりなのだが、なぜか同一のものと言い切るにはためらいが生じてしまう。よく似ているのだが、何かが違うのである。本物とコピーのもつ雰囲気の違いと言ったら、少しは分かってもらえるだろうか。

だからと言って、同一の個体が瞬時に時間・空間を移動している可能性を否定することはできないし、全く別の個体がそれぞれ勝手に

（モグラたたきのモグラのように）、出現したり消滅したりしていることも考えられる。こうした現象は三つの太陽が、大陽、中陽、小陽と間隔をおいて昇ってくる昼期にかぎって起きる。

昼期が、三つの太陽の円軌道の組み合わせによって起きることはよく知られているが、その複雑な引力の関係が、生命体の生態にも大きな影響を与えていることは間違いないであろう。その証拠に、これは、大陽と中陽が同時に昇っている最昼によく見られる現象で、地球の秋の夕暮時を思わせる（これが本当にそっくりなのだ）、小陽だけが空にある小昼には全く見られない。また、三つの太陽がほぼ同時に昇る昼夜期には、この現象自体が観測されていない。と言うより、昼夜期には、このサボテンを思わせる生命体自体が出現しなくなる。推測するに、この時期には、この生命体が生息する条件がそろわないのであろう。昼夜期の夜には、巨大なコンブを思わせる布状の生命体（これもまだ確認はされていない）が、この地いっぱいに広がり空に向かっていっせいに蠢く。

＊

連星のダンス

華麗で優雅な連星のダンスが、星空のいたるところで繰り広げられている。満天の星たちは、ショーの観客だ。二つの恒星は、宇宙空間を舞台に軽快にステップを踏んで、相手との距離を慎重に測りながら、その重力によって引きあう。微妙な駆け引きを見せながら、互いの楕円軌道を周回する。二つの恒星によるペアダンス。星空のフィギュアスケート。恒星のペアは共通重心を公転し、接触寸前にまで近づいたかと思うや、反発しあって遠くへ飛び出し、また求めあって近づく。お互いの周囲を何度も回るうちに回転速度が増し、さらに華麗で複雑なステップを踏みながら、二つの恒星は愛の熱度を増してその軌道を近づける。半径の数倍程度の距離にまで接近した二つの星は、狂おしく求めあう男女さながら、共通の中心点を極めるために、おのれの楕円軌道を放棄してでも、相手の軌道に深く食い込もうとする。宇宙的愛のダンス。狂熱のルンバ。相手の中に、おのれの存在を完全に没入させたい。相手の存在すべてを、おのれのものにしたい。連星のダンス。融合のサルサ。恒星の周辺部がわずかに接触する。激しくスパークする。愛のカーニヴァル。接触連星のはじまりだ。互いを隔てていた輪郭が、しだいに溶解していく。接触した部分が膨張して、星のガスがあふれ出し、相手の星にまで到達する。表面の一部が融合し、さらに深く求めあう。愛の奇蹟。過剰接触連星の誕生だ。一方の恒星が相手から物質を吸引し、高速で回転をはじめるや、扁平な形に変化していく。融合はそのまま進み、超高速で回転する巨大天体に進化する。恒星は、長いソロのパートを見せながら、時間をかけて赤色巨星となり、やがて爆発して超新星となる。吸引された星も、おのれのうちに極限までかがみ込んだ末に、一挙に爆発して超新星となる。明るい星が夜空に突如輝き出す。爆発の後に誕生する中性子星。巨大な星は、中性子星になってもその重力を支えることができず、極限まで収縮したブラックホールのダンスをはじめる。おお、窮極の愛のダンス。

星の囁き声を聴き取る者たちへのオード

＊

1

ほら、あそこにもここにも島宇宙。若草のようにやわらかなことばが飛び交い、絶景の夕やけが大気圏を焦がす。逃亡の果てに暮れ泥《なず》んではいけない。どんな測定器も無効となったこの流浪の地では、黄金の果実もすぐに饐《す》えた匂いを発しはじめる。

2

メランコリーのなかに忍びこむ彗星の尾に、勝利の輝きがいつまでも憩っている。過去の栄光は捨て去れ、エトワール星雲の谷間に。谷間の奥のアトレウスの殯《もがり》に白百合が群がり咲いて、その花弁に、呪われた血の染みがうっすらと滲《にじ》みでる。

3

真空とは何もないことではない。真空が存在していることだ。物理的な実体としての真空が…。真空の充溢。空無の飽和。やがて、加速膨張する超新星。遠ざかるにつれて波長が伸び、赤く光りだす。それこそは、銀河の燈台。天象の漁火《いさりび》。

4

どこからか流れこんでくる白鳥座の歌。空中に拡がる巨大建造物。蜂の巣状の残骸に、英雄たちの勲功が眠っている。その歴史を暴いてはいけない、すでに、神話が死滅した大洪水の後となっては。変光星の一人語りは、秘密のうちに押し隠せ。

5

忽然とすがたを現す客星《かくせい》。静まり返った宇宙空間で突如踊りだし、ただちに走り去る。四方八方に破裂する炬火《きよか》。火傷《やけど》した月の顔が蒼ざめて、銀の雫《しずく》をたらす。そんなおとぎ話はいらない。ペルセウス座に失踪したまま、二度とは帰らぬ客星のことなどは——。

6

重力波の押し寄せる岸に巨大な虹が架けられ、その突貫工事の音が惑星空間をさわがす。耳を劈《つんざ》く音がはるかな故郷を思いださせ、なつかしい子守唄が重力波のうちに紛れこむ。あの虹の下での、遊星たちの無邪気な遊びは死に絶えたのだろうか。

7

青い星集まれ！　赤い星散らばれ！　天の星のすべてが動いた。空いちめんの星たちが、てんでにその位置を変え、入り乱れてかってに飛び交う。銀河を巻きこむフルーツ・バスケット。やがて、重力に反する力が音もなく押し寄せてくるのにも気づかず…。

8

隕石。秩序へのひそやかな侵犯者。あらゆる時空を飛び越えて、やってくる宇宙空間のまれびと。惑星間に住む俊敏な少年が投げつけた天空の礫《つぶて》。大地は、ペリシテの巨人のように額から血を噴きだし、豊かな実りと禍々しい病が同時におとずれる。

9

星読む人の青白い額に、カシオペア座の印がくっきりと浮かんでいる。初心を忘れないための、最初の星座の象り《かたど》。光のきらめき一つにも、天体は宿っている。空の青さのうちにも、星辰のめぐりは反映している。額のカシオペアが銀河と呼応する。

10

月が正中線を斜めに横切って昇る。もう一つの月は早々と寝に帰った。今は、二つの月の仲違いの季節。流星が一斉に飛びこんできても、だれも気に留めようともしない。アンドロメダの季節になれば、二つの月も、身を寄せ合って睦《むつ》みあうに違いない。

11

誰しもが、おのれの内部に固有の銀河をもっている。青い太陽からの風が、わたしの内部を吹き荒れて、青一色にする。吹きちぎられそうな宇宙凧が心細げにひるがえる。青い太陽は赤い海に沈み、そこに闇がひろがり、星が瞬きだす。

12

ケンタウロス族の登場だ！　気の弱いやつはさっさと消え失せろ。

いつまでも小惑星でいると思うな。今に、惑星にぶつかってやる。
いや、恒星だって怖くない。――威勢のいい啖呵《たんか》が聞こえてくる。
お前たちなど、ブラックホールに呑まれちまいな。

赤い砂漠

＊

赤い砂がうねうねとどこまでも続き、眼路の彼方で消えていた。その先は、赤い砂嵐のために空と陸の境界さえ定かではない。赤い砂は楕円形の風紋を描き、それが連続して複雑な紋様を描きながら、一旦上ってはまた下るといった高低を繰り返して、地形にふしぎなリズムを産みだしていた。砂塵が飛び交っているのだから、目に心地よいと言ったら、言い過ぎだろう。だが、一度も見たことがないにもかかわらず、なんとなくこちらの心を和ませる光景であることは間違いない。砂の主成分である酸化鉄の赤が見せる、多彩な色の調和に心安らぐのだろうか。

たしかに、目を射るほどの真紅から、鮮紅色、朱、茜、赤紫、暗紅色、赤黒、臙脂《えんじ》、赤茶と、その色調はめまぐるしいほどに変化する。日陰か日向か、さらに、東に沈もうとしている太陽の青い光を浴びる量の差によって、さまざまに色を変える赤のグラデーションは、まさに一枚の抽象画そのものだ。しかも、砂嵐は、砂漠の表面から色とりどりの砂を巻き上げながら、空中で混ぜ合わせて、一刻一刻変化させ続けている。沈み行く太陽は、砂嵐にその青い光を減じられることもなく、砂塵の一粒一粒を煌めかせて、画面に色調の微妙なぼかしを付け加えていく。

ひときわ高く、一陣の風が砂を巻き上げた。眼路の遙か彼方にポツンと小さな点が見えてくる。みるみるその点は大きくなり、さらに広がりを見せて、こちらに近づいてくる。その白い色が、青い太陽に照らされた赤のグラデーションの中で清々しいほどに映える。砂漠の帆船だ。砂嵐の風を巧みに操作して、目の覚めるような船足で砂漠を駈けぬけてくる。青く輝く太陽と地面の赤の多彩な色調の中に浮かび上がる、白い帆船。これほど絵になる光景があろうか。

帆船は、見事な操縦術を見せてすぐそばにまでやってくる。甲板に立つ男の白い歯が光った。マテイラだった。マテイラは、大声で何か叫んだ。砂塵がたちまちにしてその声をかき消して、後にマテイラの笑顔だけが残った。

反宇宙

＊

電気にプラスとマイナスがあるように、地球に北極と南極があるように、また、人間に男と女がいるように、この世界には、互いに排斥しあう二つの要素が必ず存在する。いや、それは世界に限らず、宇宙そのものについても言える。つまり、宇宙に対する、反宇宙が存在するはずなのだ。それは、素粒子の世界を考えてみれば一層明らかとなる。すべての素粒子に対して、同質量だが、電荷など様々な性質が全く正反対の反素粒子が存在する。また、陽子には反陽子、中性子には反中性子、雷子には陽電子が存在する。これは常識だ。

この宇宙は、様々な物質を構成する素粒子と同じ量の反素粒子が小さな空間に閉じ込められた、高温で高密度のすさまじいエネルギーに満ちた状態から始まった。この火の玉状態は、ビッグバンの後激烈な勢いで膨張した。その結果、宇宙の温度は下がり、エネルギーから粒子と同量の反粒子が生成され、それらの粒子が統合し原子が生成され、ガスができた。やがて、それらが固まって星となり、宇宙ができた。粒子と反粒子がぶつかれば、量子数がプラスとマイナスで打ち消しあってゼロになり、その存在は消失してしまうが、その時に膨大なエネルギーが残る。ということは、逆に、真空の一点に膨大なエネルギーを集中させれば、そこから粒子と反粒子を生成することも可能となるわけだ。これもまた、言うまでもない。粒子と全く同じ量の反粒子が存在するならば、どこかにこの宇宙と同じく、反宇宙が存在することになる。それは、微妙な差異を除けばこの宇宙に一見酷似していて、その実あらゆる要素が逆向きの宇宙であろう。勿論、宇宙と反宇宙が接触すれば、お互いに消滅しあい、どちらも存在できなくなる。ところが、宇宙が現に存在している以上、反宇宙の存在する条件は必ずやどこかにあるはずだ。

あの詐欺師サハロフは、素粒子の反応の仕方と反素粒子の反応の仕方にほんの小さな違い、ズレがあれば、反宇宙が失われたことが説明できると唱えた。ズレなどというそんな訳の分からぬたわごとで、反宇宙が失われてたまるものか。この宇宙に後生大事にすがりつきたい想像力に欠けた臆病者だけが、その説を支えになんとしても反宇宙の存在を否定したがっているにすぎないのだ。

入植者

＊

入植者とこの地で生まれ育った者とは、すぐに見分けがつく。この地で生まれ育った者は、みな背が低く、肩幅が広く、強靭な体つきをしているのに対して、入植者ときたら、育った土地の引力のせいだろう、まっすぐに立っていられないほどひょろひょろしていて、まるで深海を漂うような緩慢な動きしかできない。全員背が高い割に、肩幅は極端にせまく、手足も異様に長く、まるで、風にゆれるユーレアグラのようだ。彼らは、本国で処置を受けてきたにもかかわらず、この地の食べ物に慣れることは難しく、あの美味極まりないヨンゴリアでさえ、口にするやいなや吐きもどすほどだ。それを見て、わたしたちは腹をかかえて笑うのだが…。

入植者たちのほとんどは、元の土地の影をずっと背負っている。船団を組んでやってきて、わたしたちから必要なものを調達すると、入植に適した地域を探し出し、そこにまとまって住む。彼らは、意思疎通に最低限必要なこの地の言語を習得してはくるのだが、それらは息が漏れるようにシュウシュウいって、なんとも聞き取りにくいうえに、ゆらゆらする手の動きが気になってしかたがない。

別の地域には、また別の土地からやってきた入植者たちが定住している。それぞれが生まれた土地の言語をそのまま使っているので、仲間同士の会話にはなに不自由しないようだが、別の地域に定住している人々とはうまく意思疎通が図れない。そこで、この地の言語が共通語の役割を果たすのだが、地域ごとに独特の訛りをもっているため、入植者たち同士で意志が通じることはきわめて難しく、言語をめぐっての誤解が原因の紛争もしばしば起こる。

なぜ、彼らが生まれ育った土地の言語を手放すことがないのかは、言うまでもないだろう。自らの意志とは関係なく、すべてを奪われてこの地に流された彼らにとっては、言語こそが所有物のすべてなのだ。ところが、元の土地の言語を使っているつもりでも、それが長い時の経過につれてこの地の影響で少しずつ変化をとげ、今や全く別の言語と言ってよいほどになっていることに、彼ら自身気づきもしない。いや、アイデンティティに関わることなので、気づくことを無意識に拒否しているのである。

*

七色に輝く光をまき散らして
ブラックホールが衝突する
その加速度運動によって
周りの時空が伸び縮みし
宇宙空間に波紋を放射する
そのかそけき旅のゆくえ
果てなき時空のさざ波
重力波の深い孤独

はるか始原の場所に誕生した
時空のゆがみからの波動
光速で宇宙空間を駆けぬけ
あらゆる物質を貫通して

何億光年もの旅をする
不可視のまれびとの訪れに
ほんの少し地軸がゆらぎ
深海がかすかにきしむ

海底のねむれる魚たちは
始原のときを待ち望みながら
組織が内包する存在のひずみに
夢の繭のうちで身ぶるいをする
かたい殻に護られた巻貝たちは
わずかに残る祖先の記憶を
波のゆらめきに沈むしじまに
成算もないままに刻みつける

＊

光景

心すさむ光景が眼前にどこまでもひろがっていた。むきだしの鉄骨がねじまがったまま、みずからの手をさしのべて空中にたちあがろうとしている。その足元をおびただしい瓦礫が捨て鉢になって転がっている。巨大な市場の跡でもあろうか。鉄骨をおおっているコンクリートの壁は、音もなくホロホロとくずれおちる。くずれおちた塵埃はいつまでも地表をただよい、骨組だけ残った窓から射しこむ一筋のあわい光のなかを舞い踊りつづけ、鼻のおくをふしぎなつかしさで刺戟する。廃墟の周囲も、みすてられた空地も、みわたすかぎり、巨大化した雑草がおのれの勢力を誇示して、互いにみだれあったまま生えている。道路のあちらこちらにみずたまりができ、みずからをうしなった青空をうつしだしている。そこに、痴呆の月がこれ以上ないたよりなさで、うっすらとうかんでいる。水面にうかんだ映像の青空にすぎないのに、どこまでもふかみにはまりこんでいく、信じられないほどすみきった空無の紺青色だ。この青のなかに、すべての宇宙がつつみこまれている、世界はこのなかにこそある、そう、ありありと感じとることができる。アメンボが一匹、ツイツイと水面をはしり、たちまちにして青空に波紋がひろがる。くだかれた青空は、ゆらゆらと一瞬あらがぅ姿勢をみせたのちたちまち消えさり、二度とそのすがたをあらわすことはない。かわいた風が廃墟をふきぬけ、くちぶえのような、悲鳴のようなすみきった音をたてる。太陽は、はげしく照りつけているのに、さむさは左肩のあたりからますますつのってくる。こわれた水道の栓からはげしく水がふきあがる。水しぶきが、太陽のひかりをあびて、くっきりとした虹をうつしだす。しぶきの運動に応じて、虹もかすかにゆれうごく。どうしても思いだせないが、どこかでみたことのある光景。いきなりくろい雲がひろがり、またたくまに空をおおいつくす。世界はいっきょにたそがれて、沈黙のうちにくろずんでくる。光景そのものが死んでいく。みずたまりが死んでいく。世界そのものが、荒涼としてみずから死におもむこうとしていた。これが、あたらしい年の、あたらしい光景だった。

星を聴く

＊

銀河には音楽が満ちあふれている。というより、宇宙空間そのものが音楽なのだ。夜空に耳を澄ませてみよう。いや、むしろ心を澄ますのだ。己を無にしてその存在をすべて夜空に託すのだ。夜空に広がる星座は、音符そのものだ。だから、それをそのままに演奏するだけでよい。星座は見るものではない。聴くものだ。星空に五線譜を置く。すると、たちまち星空が歌い出す。己固有の音楽を奏で出す。星座は、自らのテーマを奏でる。そこに夥しい流星群がアルペジオを加える。小惑星たちが装飾音を添える。

蠍座のプレリュード。アンドロメダの協奏曲。カシオペアの弦楽五重奏曲。白鳥座のレクイエム。それぞれが得意の領域をもちながら、それらは決して、互いを排除しあわない。きっちりと己の個性を主張しながら、互いのテーマを尊重しあって、壮麗な天体の音楽を完成する。いや、完成はない。完成しているといえば、いつだって完成しているし、未完だといえば、永遠に未完のままだ。

夜空に拡げる五線譜の置き方によって、音楽は大きく変化する。南北のライン。これはおおらかな長調が主体だ。東西のライン。なんとも哀切で、心かき乱される短調が多い。もちろん、その間にはあらゆる変奏曲が埋もれている。例えば、主旋律の中に不意に闖入する彗星のテーマ。そう、星空のうちにはあらゆる曲が存在する。そこからどうやって音楽を抽出するかが最大の問題だ。いや、抽出するのとは違う。わたしたちに主体があるのではなく、あくまで主体は星空の側にある。むしろ、星に聴くのだ。

「星を聴く」行為と「星に聴く」行為とを、窮極的な星の磁場で完全に一致させること。それが作曲という行為だ。そこに自らの卑小な思いを閉じ込める余地などあるはずもない。単に耳に心地よい、心浮き立つようなまがい物を排除せよ。そんなものは音楽ではない。魂を覚醒させるもの、魂を震撼させるもの、それこそが星の音楽だ。魂が音によって広げられ、拡散して収縮し、それを繰り返すうちに、天体そのものと魂が窮極的に一致する次元こそが、音楽の臥所《ふしど》なのだ。私という存在などは、その音符のほんの一部になればいい。

＊

生命体Ｈ
――意志伝達

生命体Ｈは、摂食器官から音を発するという、きわめて興味深いと同時に非効率的でもある方法によって、意志を伝達しあっている。この器官は、極度の進化をとげているらしく、生命を司るための摂食ならびに意志伝達のほかにも、生殖活動の際の著しい活動など、さまざまな場面でその機能を果たしている。意志伝達機能に限っても、いろいろな音程、音色、リズムを生み出せるほどに発達している。また、彼らはそれを複雑に組みあわせて意思表示する際に、簡単な身体表現を付随させることも多い。

しかしながら、それらの手段が充分でないことは、彼らの意志伝達前と後の行動を比較することで証明される。明らかに意志疎通が充分に機能しなかった時特有の身体モードを発する場合がしばしばあるし、そうした身体モードをめぐって争いごとが起こるのもよく見る光景である。しかも、音による意思伝達の体系は、それほど複雑に発達していながら、極めて限定的な地域にしか通用しないらしく、生息する地域が異なればその体系も大きく異なるようだ。

この惑星では、意志伝達不全のせいであろう、個体を超えて地域全体を巻き込んだ争いがあちこちで起きている。その争いは、無意味なまでに徹底したもので、火器を使って相互のほとんどの成員が生命を失うまで終わることはない。もちろんそれは、意志伝達の機能不全のためであるよりも、生命体Ｈ自体のもつ、残虐で好戦的な性格のせいだとする説もある。あるいは、その個体数の激増を抑えるために、あえて調整のための社会的な機能として、彼ら自身が意図的に行っているという説もある。

生命体Ｈは、意志伝達の補助的な手段として、薄い平面状の物質に記号を印して伝えあうという、極めて不可解な、非効率的なこともする。その生産のための、すぐれて組織化されたシステムをもちながら、そうした情報が多数の個体に伝わっている様子は全く見られない。また、せっかく交接のための器官をもちながらも、われわれとはその機能が大きく異なるせいなのか、意志伝達の役割をほとんど果たしていないように見うけられる。

＊

はるか異空間の旅を封印して
独自の光の尾を噴出しながら
かるがると境界を超越するもの
宇宙空間の秩序を紊乱《びんらん》するもの
大気中の高熱にも気化せずに耐え
火球となって夜の闇を照らし
衝撃波による爆音を轟かせ
地表に降り注いでくる旅人

ひそやかに大地のうちに眠るもの

はるか宇宙空間を旅した記憶を
ねむりのうちで反芻しているのか
それとも組成のちがうものの中で
はげしい違和をかんじているのか
惑星が形成されたときの記憶を
とどめたままの始原の物質

隕石のはらむ謎に
翻弄され続ける〈わたし〉？

＊

書物

この地には、一冊の書物が存在する。というよりも、書物は一冊しか存在しえない。他の書物は、この地では存在する理由が見つからないのだ。書物には、この宇宙のすべてが記述されている。中央広場に設置された巨大な書物には、ページのあちこちに紙が貼りつけてあり、その紙に記された項目に沿って、宇宙に対する各自の思いを自由に書きこむことができる。

書物は入れ子構造になっていて、どのページを開いてもそこから小型の書物が出てくる。これにもいたるところに紙が貼りつけてあって、宇宙の細目についてのすべてが書かれている。こうなると、もはや、書物はそのまま一つの宇宙だといってもよいだろう。

紙は極端に薄いというより、表面と裏面とがあるだけで、厚みが全くない。書物そのものは、それ自体の厚みをもちろんもってはいるのだが、それはあくまで書物という形態を保つためのデザイン面の必要からにすぎない。したがって、書物を開けばページ数は無限に拡がっているし、そこに新たなページをいくら貼りつけても、書物としての厚みが増えることはない。

人々は、書物のある広場に出向いてきて、各自の星空への思いや、銀河に関する独自の起源説、ある天体についての神話、故郷の惑星に対する望郷の念などを自由に書きこむ。むしろ、そうやって絶えず書きこまないと書物は死んでしまう。だからこそ、書物を存続させるために愛書家たちはこぞって附箋を貼りつけにくる。

もちろん、記述を削除することも可能である。そのためには、ある種の植物の穂（むしろ、動物のしっぽといってもよいが、そもそもこの地には、動物・植物という区別がない）で撫でればよい。空白となったそこに、新しいことばを書きこむのである。

また、貼りつけられた紙をはがすには、トリハケラスという雲母状の鉱物を刃物の要領であてがえばよいだけだ。しかし、糊がついたままの状態なので、うっかりすると別の項目に挿入部分として貼りついてしまう。それでも、それはそれでなんら困ったことにはならないのだが…。

＊

ブラックホールの衝突

いやあ、ブラックホール同士の衝突ほど凄じいものは、後にも先にも見たことはないな。巨星が死んで押しつぶされてできたブラックホールは、それはそれは恐ろしいやつだ。うっかり近づいてその重力で捉えられてしまうや、どんな物質や光もそこから逃れることは絶対に不可能だ。そうさな、宇宙の底なし沼だな。そのブラックホール同士が衝突するというのだから、これほど恐ろしいことはない。だが、恐ろしいものほど見たさがつのる。しかも、当時のわしは血気盛んな若者だったから、見にいくなという方が無理だ。この二つのブラックホールは、もとはビッグバンから二十億年後に生まれた巨大な連星で、数億年前に死して後も、お互いのまわりを眠れるように渦を巻いて運動していた。それが、突然目覚めたらしく、光速の半分近い猛スピードで至近距離を回転し始めたのだ。こうなると、衝突も時間の問題だというもっぱらのうわさだった。そこでわしも、銀河系の若者連中と一緒に見にいったというわけだ。それはそれは、わくわくする体験だった。二つの渦を巻くブラックホールを見た途端、その七色に輝く光のドームの魅惑に足が竦んで、わしはその重力に呑み込まれそうになった。あのままだったら、危ないところだった。その時引っぱり上げてくれたのが、デネブのやつだ。やつには、一生頭が上がらんわけだ。やがて、二つのブラックホールは、近くの小惑星どもを呑み込んで、渦を巻きあげながら接近し、激突して合体した。周囲も渦に呑み込まれそうになるほど宇宙は大きく歪み、膨大なエネルギーがあふれ出た。このときの時空の歪みが光速で伝わったのが重力波だ。あの、一挙に時空が伸び縮みする感覚は、味わったものにしか分からんだろう。いや、ジェットコースターの比ではない。ひとたび合体すると、新しいブラックホールはぶるぶるっと震え、最後のあえぎ声を出して突然静かにおさまった。いやはや、すごい見ものだった。わしの父によると、宇宙が今より若く、小さかった時代には、ブラックホール同士の衝突はしばしば起こったということだが、もちろんわしは、その後一度も見てはおらん。いやいや、正直、二度とは見たくないな。

＊

報告

微小な生命体を除いて、この惑星には今までのところ大型の生命体はほとんど観察されていない。しかし、かなり高度な文明を築いた高等知能をもった生命体が、かつて（しかも、たぶん最近まで）存在したであろうことは、さまざまな証拠によって推測される。たとえば、この惑星には、自然によってできたとは考えられぬ複雑な構造物があちこちに見られるのだが、それらの構造物はことごとく、しかも、激しく破壊されたと推定される痕跡がはっきりと残されている。むき出しにされた鉄の棒。幾何学的な構造をもつ建造物（？）の廃墟。さまざまな元素を融合して作ったと思われる化合物の残骸。それらは、破壊されてから、まださほど時間が経過していないと類推される生々しさを示している。他の惑星の生命体が、何の意図もないままに、これほどの荒々しさでこの惑星の構造物を破壊することなどありえぬ以上（この惑星は、現在、銀河系環境保護条約の対象になっている）、これらは、彼ら自身の手によって破壊されたと考えるほかない。

破壊に至った理由を推測することは容易ではないが、その高等生命体の存在を未だこの惑星で発見できぬ以上、これらの高度な構造物を造り出した生命体は、何らかの理由で（伝染病によって？　小惑星の衝突によって？　放射線の汚染によって？）絶滅したと考えるほかない。絶滅に瀕したその高等生命体は、これも何らかの理由で（他の生命体に利用されぬよう？　自らの絶滅に無軌道になって？）これらを残すことを拒み、破壊しつくしたのであろう。

あるいは、彼らの遺伝子が突然変異を起こして（ウンダモンダ博士は、この惑星の生命体にはこうした突然変異はめずらしくないという説をとなえている）、互いを殺戮し、すべてを破壊するようなプログラムができたと類推するしかない。または、私たちの惑星においてときどきライミングが集団自殺するように、環境の突発的な変異によって、集団自殺を図らざるをえなかったのかもしれない。しかし、そうした大きな環境変化を物語るものは今のところ見つかっていないことを考えると、なぞは深まるばかりである。

＊

彗星言語

彗星は、その母胎となった銀河から届く言語だ。銀河にしても、互いの通信手段を求めているのは言うを俟たない。いや、通信とは本質的に異なる。単なる情報の伝達ではないからだ。銀河は、互いの存在に対する根底からの共鳴を求めている。地上のスケールをはるかに超えた宇宙的な孤独が想像できれば、その必要性はだれにでも理解できるはずだ。しかも、宇宙空間が激しい勢いで膨張していく状況にあっては、共鳴を求めるその必要度は計り知れない。互いを伴侶とするあんなに多くの連星が存在するのは、その孤独を埋めあうための試みに他ならない。それぞれの銀河は、己の孤独を少しでも癒すために、他の銀河への共鳴を託して彗星を派遣する。彗星は、ことばの矢となって宇宙空間を飛んでいく。したがって、夥しい彗星が行き交う宇宙空間は、また巨大な言語空間でもありうる。一冊の極大の書物でもありうる。その言語空間を疾走する彗星からふりほどかれた流星は、大気圏に突入する際にそのことばを一瞬激しく燃焼させ、発光させる。そう、流星こそは一篇の詩なのだ。だからこそ、わたしたちをあれほどまでに魅了する。彗星が夥しい流星を撒き散らして夜空を駆け抜けるとき、わたしたちはその詩に心を焼きつくされる。宇宙空間には夥しい種類の言語が飛び交っているから、その意味を互いに理解できるはずはない。だが、流星の意味を解読しようとしてはいけない。詩とは、解読するものではなく、灼熱する流星に直撃される体験なのだ。難解さなど、そこに存在しようはずもない。彗星の孤独を、宇宙を旅してきたその来歴を、その物語を、言語に打たれるままに体感すればよいからだ。大気圏で燃えつきた流星のかけらは、隕石となって大地に漂着し、そこで静かな眠りにつく。だからと言って、隕石は詩の燃えがらでは断じてない。むしろ、詩の中心にあって、その存在を支える核そのものなのだ。隕石は、母胎としての天体の、ことばの核を運んでくる。漂着した隕石は、その固有の言語をひそかに発信し、詩の核を全宇宙に伝えようとする。わたしたちにそれを感じ取るだけの感覚器官があるのか、いまその才覚が厳しく問われているのだ。

*

銀河の波打ち際に流れ着いた
ひとつの彗星としての〈私〉
暗黒のなかを走りぬける
光星のまたたき

遠く波音の消えていく
もはや闇もなく光もない
暗黒物質だけが漂う時空に
始めも終わりもない
悠久の時のたゆたいのうちに
眠り続ける銀河の胚珠

肉体という檻から解放されて
光となって
波動となって
宇宙空間をどこまでも漂う
胸郭自体が宇宙となって
胸のうちに星々がまたたく

星のしじまが静かな息となって
伸縮を繰り返す
やがて熱を帯びて
集結と分離を往来し
あらたな物質となる日まで

＊

帰還

窓の外いっぱいに、まぶしいほどの月が拡がっている。その表面はみずからの意志で膨張し、伸び拡がろうとしているように見えた。やがて視界がおちつきを取りもどすと、本来の姿に収斂していった。ひとはわたしをマテイラとよぶ。しかし、わたしはマテイラではない。マテイラのはずがない。一体マテイラとはだれなのか？　わたしを騙る「わたし」だろうか。わたしを偽る「わたし」だろうか。クレーターの細部までが手にとるように見えてきた。中心部分に大きく伸び拡がっているのは、「静かの海」だろう。山脈の一つ一つが見わけられるほど近くに感じる。マテイラの正体はわたしにはわからぬが、ここでも、その名はよく耳にする。とんでもない詐欺師だとか、銀河空間の英雄だとか、さまざまなうわさがある。

衝撃が下からと横からと、同時に突き上げるように起こった。窓の外の月が、急速に横へとながれた。軌道が大きく変わったせいだろう。マテイラが送ってくる報告書はすべてが捏造されたものであり、それを複数の偽作者が書いているともきく。だが、マテイラの送ってくる報告書こそもっとも信憑性があると、つよく信じている人々も多い。どちらが正しいかは、わたしにもわからぬ。

いつのまにか着陸態勢に入ったらしい。青い水をたたえた惑星が大きく迫っていた。青くしずかにかがやく惑星は、沈黙をまもったまま窓の外にただよっている。はるばるやってきた時間と距離が一挙に脳内にしわよって、記憶の整理がおぼつかない。だが、正直に言おう。わたしにはマテイラの記憶があるのだ。そのことだけは、公平を期すために言っておかなくてはならない。

こうして銀河空間を旅してきたわたしは、小さな隕石だ。何の変哲もない一つの隕石だ。だから、燃え尽きる時、大気圏で光を放って死していくことができる。なぜ、マテイラの記憶があるのかは、わたしにもわからぬ。あの移植手術の際にうめこまれたせいだともきいた。しかし、いまや、それも真実かどうかはわからぬ。

やがて、いきなり胴震いを一つすると、宇宙船は隕石のように大気圏に突入した。

＊

忘レジの丘

ワタシは忘レジの丘の上にたっていた。匂いやかなカゼはなだらかな丘を這いのぼり、ワタシのほほを吹いていく。菫色の空に満天の星がちりばめられて、それぞれの光を発している。眼下にあるはずのテスリ島や鳴キノ海の方角から、かすかなメタンガスのにおいがカゼにのってただよってくる。コノ天体ハ暗スギル。核ノ風が吹きあれ、中性子ノ雨がふるこの天体は。「……ニ応答セヨ！」。その通信にこたえるすべも、とうに失われた。

死滅した遠い都市からの廃船がながれついてくる。おだやかな、あまりにしずかな闇のなかをただよってくる。ワタシは、はるか彼方にあるはずの記憶の糸をさぐっていた。この澄明な暗さはなんだろう。胸を轟かすほんのわずかないたみをともなって、もどかしい記憶の残滓が胸にいつまでも悶え、かすかにのどの奥をふるわせる、この既視感は…。

忘レジの丘のはてには、とおく廃炉となった建物がかすかにたたずんで、ゆらめいている。円筒形の建物の片側が、爆破されたような断面をみせて、自らの存在をうらめしげに夜空にさらしている。おどろくほどしずかだ。人一人としていない。この地上にワタシ一人取りのこされた思いにおそわれる。明るい流星が一つ、天空の中央部から南西へとながれていった。空気は一層凜とした澄明さをましてくる。新鮮な木の香がいきなり鼻をうった。

測量計がとつぜん鳴りだす。「ピピピピ！　ピピピピ！　ピピピピ！」。規則正しい間隔で警告を発しつづける。腰に埋めこまれた金属板がかすかに反応し、はるかな記憶が胸の奥できしむ。鳴キノ海の反対側には、名前もつけられぬままの砂の海が広がっている。どこからか砂が集まり、砂がうねり、まるで海のように波がたちさわぐ。砂の海は、一刻一刻そのすがたを変え、そこをカゼがふきぬける。カゼがふくたびに風紋があらたな模様をつけてにげさっていく。さらにつぎの風紋がくりかえしおそってくる。

「コレガ、アレホド帰リタイト願ッタ、故郷ダロウカ…」。

＊

客星

腥《なまぐさ》い風が頬を撫でて吹き過ぎていく。微かな血の匂いだろうか。何かの死臭だろうか。左肩から心臓にかけて悪寒が走る。湿地帯はどこまでも続き、倒壊したり途中から折れたりした鉄塔の群れが死した巨大動物の骨格のように見える。そこを腥い風がシュルシュルと澄明な音を立てながら吹き抜けていく。眼路の遙かに廃墟となった都市のシルエットがいじけた姿のままに浮かんでいる。ぐにゃりと湾曲した道路が寸断されながら続いている。西空に浮かぶ太陽はものすごい勢いで膨張を続け、その事態に付いていけないほど息絶え絶えの様子で赤黒い血糊のような光をようやく地上に投げかけている。血を吸いすぎた蛭ほどに膨れ上がった太陽は自らの重みに耐え切れずに水平線に沈んでいく。一挙に闇が空を襲う。暗黒の宇宙に投げ出された孤独感に取りつかれる。闇の帳を払って一斉に星が瞬き出す。満天の星だ。これほどの数の星が存在したことを実感したことがない。ぎゅうぎゅう詰に押し合って空に犇き合っている。しかし相互に親しみはなくむしろ敵意をもっていがみ合っているぎすぎすした感覚が空全体に漂う。満天の星を割って月が昇ってくる。周囲の星に小突かれたために全身血塗れになった異様に赤い月だ。月は悪寒のためか恐怖のためか小刻みに震えている。その震えが近くの星にまで伝播し、地上近くの空が滲んで揺れ出した。巨大な火の玉が空の中ほどに出現する。全く見たことのない星だ。大きさは木星ほどもあろうか。その色は燃えるような赤で突然踊り出すように西南から北東へと走り去る。中心に白い箇所が五つほどあり、筋もはっきりと見える。炬火をひっくり返したかのようにあっと言う間に破裂し、火花をぱっと散らして空中に散り散りになった。その途端、バチンと大きな音がして電源が落ちたように天の星のすべてが一斉に落下した。右手の遙か奥、巨星の落ちた地点から海水の吹きあがる音がする。背後の小高い山は一瞬に吹き飛び、激しい地鳴りが轟く。それを合図に地面全体がいきなり揺れ出した。爆風に吹き飛ばされながら、世界が死滅していくことをわたしはどこかで静かに肯《うべな》っていた…。

*

夜が沈黙の淵に沈むと
かすかな金属音をたてながら
星たちの流浪の歌が
天空から降りてくる

鏡となった水面に
星空が映りこみ
そこがそのまま
もう一つの銀河となる

もう一つの銀河は
深みと広がりを増すと
独自の光できらめきだし
あらたな歌で星空を満たす

一陣の風が吹きわたり
水面を千々にかき乱す
星空がためらうように揺らめき
たちまち一つの銀河は消える

＊

灯心草の内部に広がる宇宙を
裸の青馬たちが駆けぬけていく
その風が竜巻を誘発して
闇のいくつもの層が
やわらかに褶曲し
いつまでもゆれ動いている

目次──放浪彗星通信

高柳誠（たかやなぎまこと）――

一九五〇年、愛知県名古屋市生れ。

詩集

『アリスランド』（一九八〇年・沖積舎）
『卵宇宙／水晶宮／博物誌』（一九八二年・湯川書房）
『綾取り人』（一九八五年・湯川書房）
『都市の肖像』（一九八八年・書肆山田）
『アダムズ兄弟商会カタログ第23集』（一九八九年・書肆山田）
『樹的世界』（一九九二年・思潮社）
『塔』（一九九三年・書肆山田）
『イマージュへのオマージュ』（一九九六年・思潮社）
『触感の解析学』（画＝北川健次／一九九七年・書肆山田）
『星間の採譜術』（画＝小林健二／一九九七年・書肆山田）
『月光の遠近法』（画＝建石修志／一九九七年・書肆山田）

『万象のメテオール』（一九九八年・思潮社）
『夢々忘るる勿れ』（二〇〇一年・書肆山田）
『半裸の幼児』（二〇〇四年・書肆山田）
『廃墟の月時計／風の対位法』（二〇〇六年・書肆山田）
『鉱石譜』（二〇〇八年・書肆山田）
『光うち震える岸へ』（二〇一〇年・書肆山田）
『大地の貌、火の声／星辰の歌、血の闇』（二〇一二年・書肆山田）
『月の裏側に住む』（二〇一四年・書肆山田）

集成詩集

『高柳誠詩集（詩・生成7）』（一九八六年・思潮社）
『Augensterne　詩の標本箱』（ドイツ語訳＝浅井イゾルデ／二〇〇八年・玉川大学出版部）
『高柳誠詩集成　Ⅰ』（二〇一六年・書肆山田）
『高柳誠詩集成　Ⅱ』（二〇一六年・書肆山田）

エッセイ・評論

『リーメンシュナイダー　中世最後の彫刻家』（一九九九年・五柳書院）
『詩論のための試論』（二〇一六年・玉川大学出版部）――ほか

放浪彗星通信＊著者高柳誠＊発行二〇一七年五月三〇日初版第一刷＊装画（オブジェ）勝本みつる＊発行所書肆山田東京都豊島区南池袋二―八―五―三〇一電話〇三―三九八八―七四六七＊装幀亜令＊印刷精密印刷ターゲット石塚印刷製本日進堂製本＊ＩＳＢＮ九七八‐四‐八七九九五‐九五五‐三